HORSE CLUB™

Eine gelungene Überraschung

von Emma Walden

Das ist AMEET-Qualität

Bevor wir ein Buchprogramm planen und die einzelnen Bücher entwickeln, besuchen wir unsere kleinen Leser und ihre Eltern zu Hause.

Wir wollen wissen, was Kinder lieben, was sie cool finden, was sie erwarten, wenn sie ein Lese- oder Rätselbuch in den Händen halten. Denn unser Verlag hat sich auf die Fahnen geschrieben, der Verlag zu sein, der am besten weiß, was Kinder wollen.

Die Quelle unserer Erkenntnisse bezüglich Lesererwartungen und ihrer Vorlieben sind professionelle Interviews, die wir regelmäßig mit Kindern und ihren Eltern durchführen. Die Ergebnisse fließen direkt in die Konzeptionierung unserer Buchreihen und Einzeltitel ein.

Das garantieren wir Ihnen:

- Bücher, mit Kindern entwickelt
- Bücher, von Eltern getestet
- Bücher, die Kinder cool finden und gleichzeitig Elternbedürfnisse erfüllen

Wir möchten für Sie immer besser werden:

Sollten wir mit diesem Buch Ihre Erwartungen nicht erfüllen, lassen Sie es uns bitte wissen! Wir freuen uns auf Ihre Kritik und Ihr Lob! Nehmen Sie einfach Kontakt zu uns auf und schreiben Sie uns, gern auch per E-Mail an ameet@ameet.de.

Ihr
AMEET VERLAG
Destouchesstraße 68
80796 München

Titel der englischen Originalausgabe:
A Surprise for Mia

Illustrationen: AMEET Studio

Produziert von AMEET Sp. z o.o.,
lizenziert durch die Schleich GmbH.

AMEET Verlag GmbH
Destouchesstraße 68
80796 München
Deutschland
www.ameet.de

Please keep the AMEET Verlag address for future reference.
AMEET Verlag Adresse bitte aufbewahren (Herstellerangabe).

Titel der englischen Originalausgabe: A Surprise for Mia
Text: Emma Walden
Übersetzung: Doris Attwood
Umschlag und Innenillustrationen: AMEET Studio
Lektorat: Silke Kords

ISBN 978-3-96080-414-7

INHALT

HANNAH TRAINIERT OHNE ENDE

»Hüa!«, rief Hannah und trieb Missy noch einmal im schnellen Galopp um die Fässer. Sie liebte Westernreiten! Deshalb freute sie sich auch sehr, dass sie Missys Besitzerin helfen durfte, die Stute für ein Turnier zu trainieren. Sie kamen

schlitternd zum Stehen und Missy wieherte fröhlich. Hannahs eigenes Pferd, Cayenne, schaute ihnen zu und wieherte ebenfalls.

Sofia, Sarah und Lisa klatschten und jubelten Hannah begeistert zu. Die vier besten Freundinnen hatten zusammen den geheimen Horse Club gegründet. Auch Mia klatschte voller Stolz. Sie liebte es, ihrer großen Schwester beim Reiten zuzusehen.

Emily, ein schüchternes, aber fröhliches Mädchen, das im *Cups & Saddles* Reiter-Café arbeitete, unterstützte Hannah mit wertvollen Tipps. »Das war gut, aber du musst noch schneller sein, wenn du das Turnier gewinnen willst«, sagte sie mit einem Lächeln. »Okay, versuchen wir ein paar Sprünge.«

Hannah trieb Missy wieder an und sie sprangen über die Hindernisse. Mia konnte kaum glauben, wie schnell sie waren.
»Das habt ihr beide toll gemacht!«, lobte Emily hustend, als sie wieder stehen blieben. Missy hatte eine riesige Staubwolke aufgewirbelt.

Hannah grinste und tätschelte Missys weichen Hals. »Braves Mädchen«, sagte sie. Dann trabte sie Richtung Tor und fügte hinzu: »Danke, Emily. Ich reite noch kurz mit ihr aus, damit sie sich ein bisschen abkühlen kann.«

»Das war unglaublich, Hannah!«, rief Mia, als ihre Schwester an ihr vorbeiritt. Aber Hannah flüsterte Missy etwas zu und schien sie gar nicht zu hören.

KOMMT HANNAH NOCH?

»Hör auf, Spotty!«, rief Mia und kicherte. Ihr freches kleines Pony stupste sie ständig an, während sie versuchte, es zu striegeln.

Es war kurz vor zwei und sie wartete ungeduldig auf Hannah. Sie hatten ausgemacht, Spotty und Cayenne gemeinsam zu putzen.

*

Mia schaute erneut auf die Uhr und seufzte. Es war schon fast halb drei. Hannah kam viel zu spät. Dann wurde sie auf einmal ganz traurig. Vielleicht kam ihre große Schwester ja auch überhaupt nicht mehr?

Aber im nächsten Moment hörte sie das Trampeln von Cowboystiefeln auf dem Hof. Hannah kam mit einem riesigen Westernsattel auf sie zu. »Hannah!«, rief Mia voller Freude. »Du hast es doch nicht vergessen!«

Hannah blinzelte sie verdutzt an. »Was vergessen?«, fragte sie. Dann runzelte sie die Stirn. »Ach so, unsere Verabredung. Tut mir leid, Mia, aber ich kann nicht bleiben. Ich muss Missys Sattel sauber machen, und dann steht auch schon unser nächstes Training an. Wir müssen unbedingt schneller um diese Fässer kommen.«

Mia musste mindestens so traurig dreingeschaut haben, wie sie sich fühlte, denn Hannah fügte hinzu: »Aber wir können uns um halb fünf am Pferdewaschplatz treffen. Dann schrubben wir

Spotty und Cayenne zusammen so richtig ab.
Wie klingt das?«
»Das klingt toll«, antwortete Mia und fühlte sich schon ein bisschen besser.

MIA IST TRAURIG

Pünktlich auf die Minute trafen Mia und Spotty am Pferdewaschplatz ein. Mia hatte Spottys Shampoo, Spülung, Mähnenkamm und ein paar weiche Handtücher dabei. Sie konnte es gar nicht erwarten, anzufangen. Aber wo war Hannah?

*

Eine Stunde später stürmte Mia in die Scheune. »Ist das zu glauben? Sie ist nicht gekommen!«, beschwerte sie sich und ließ sich frustriert auf die Heuballen fallen. Bloß gut, dass sie mit Ruby, der Familienhündin, immer über alles reden konnte. Wenigstens hatte sie Zeit für Mia.

»Bei ihr dreht sich in letzter Zeit alles nur noch ums

Westernreiten!«, stöhnte Mia. »Sie hat seit einer Woche kaum mit mir gesprochen. Ich weiß ja, wie wichtig es für sie ist, mit Missy für das Turnier zu trainieren. Aber ich wünschte wirklich, sie hätte mehr Zeit für mich.« Sie seufzte. All ihre Wut verpuffte und Tränen traten ihr in die Augen. »Ich vermisse sie einfach, Ruby«, sagte sie ganz leise.

Ruby winselte und legte den Kopf auf Mias Bein.
»Oh, Ruby, du vermisst sie auch, stimmt's?«, fragte Mia traurig.
Ruby wimmerte und Mia streichelte seufzend die weichen Ohren der Hündin. »Ich weiß sowieso nicht, was am Westernreiten so toll ist«, sagte sie. »Es sieht echt langweilig aus.«
Ruby blickte Mia ernst an. »Okay, schon gut«, lenkte sie ein. »Das ist nicht wahr. Es sieht unglaublich aus! Aber Hannah hat nichts anderes mehr im Kopf. Wie soll ich sie nur davon überzeugen, wieder mehr Zeit mit mir zu verbringen?«
Mia hatte keine Ahnung, dass Sofia direkt vor dem Scheunentor stand und jedes Wort mit angehört hatte.

TREFFEN IM WOHNWAGEN

»Okay, Mädels, wir haben ein Problem«, verkündete Sofia. Sie hatte ihre drei Horse Club-Freundinnen – Hannah, Sarah und Lisa – zu ihrem geheimen Wohnwagen am Waldrand bestellt.

Hannah runzelte die Stirn. »Irgendwie beschleicht mich das Gefühl, dass es hier gar nicht ums Westernreiten geht.«

»Doch, das tut es«, erwiderte Sofia. Dann erzählte sie ihnen, was Mia Ruby anvertraut hatte. »Sie war wirklich richtig traurig«, schloss sie.

»Oh, arme Mia!«, sagte Sarah. »Sie tut mir wirklich leid.«

Hannah war überrascht. »Es stimmt schon, ich war mit Missys Training ziemlich beschäftigt. Ich hatte kaum Zeit für irgendetwas anderes.« Sie seufzte und lehnte sich auf dem Sofa zurück. »Ich fühle mich echt schrecklich!«, stöhnte sie. »Wie soll ich das bei Mia bloß wiedergutmachen?

Ich muss meinen Trainingsplan für das Turnier unbedingt weiter einhalten.«

»Oh, ich habe eine Idee!«, rief Lisa plötzlich. »Aber wir müssen alle mithelfen, damit sie funktioniert.« Ihre Freundinnen lehnten sich zu ihr und Lisa erklärte ihnen ganz genau ihren Plan.

EINE TOLLE ÜBERRASCHUNG

»Wo gehen wir denn hin?«, fragte Mia erneut. »Es ist so holprig hier!«

Sofia kicherte und schob die Schubkarre weiter.

»Sag ich dir nicht.«

Mia versuchte, unter der Augenbinde hervorzulinsen, aber Sofia rief: »Nein! Nicht gucken! Es soll doch eine Überraschung für dich sein.«

Als Mia die Augenbinde schließlich abnehmen durfte, war die Überraschung riesig. »Spotty!«, quietschte sie freudig. »Aber was ist das denn hier alles? Das sieht ja aus wie bei einem richtigen Western-Turnier!«

Die Horse Club-Mädchen grinsten sie an. Hannah drückte sie ganz fest an sich. »Es tut mir leid, dass ich mir keine Zeit für dich genommen habe«, entschuldigte sie sich. »Du bist schließlich meine kleine Schwester und ich will, dass wir Spaß zusammen haben.«

Mias Augen weiteten sich. »Wow! Habt ihr das alles für mich aufgebaut?«, fragte sie.
Hannah nickte. »Ja. Und jetzt zieh die Stiefel hier an!«
Mia strahlte. »Tausend Dank!«, rief sie begeistert und umarmte Hannah noch einmal.

Das Western-Reiterfest war ein voller Erfolg. Zuerst veranstalteten Hannah und Mia ein Fass-Rennen. Lisa versicherte Mia, dass sie Spotty noch nie so schnell hatte laufen sehen. Missy stellte ihr Talent beim Slalom unter Beweis und Spotty liebte es, über die Hindernisse zu springen.

Auf dem Rennparcours lagen die Schwestern Kopf an Kopf. Alle jubelten Mia zu, als sie und Spotty am Ende um eine Nasenlänge vorne waren! Dann wechselten sie sich mit Hannahs Lasso ab und mussten schallend lachen, als Mia aus Versehen Ruby einfing.

»Was für eine tolle Überraschung«, freute sich Mia, während sie bei einer selbst gemachten Limonade wieder ein wenig abkühlten. Sie tätschelte Spotty glücklich. »Ich glaube nicht, dass es noch besser geht, oder was meinst du?«
Das Pony wieherte laut und schüttelte den Kopf und die Mädchen lachten herzlich.

»Doch, es geht noch besser«, verkündete Hannah. »Weil ich noch eine ganz besondere Überraschung für dich habe.« Und dann überreichte sie Mia einen Cowboyhut, genau wie ihren!

»Wow! Vielen Dank!«, rief Mia. »Der ist so toll!«

»Übrigens habe ich großartige Neuigkeiten für dich, Hannah«, sagte Lisa. »Dein Wettrennen gegen Mia und Spotty hat dir wirklich geholfen, dich

beim Fass-Rennen zu verbessern. Missy hat jetzt tatsächlich eine Chance, das Turnier zu gewinnen.«

»Das ist ja unglaublich!«, freute sich Hannah. »Danke, Mia!«

Mia strahlte. »Gern geschehen«, erwiderte sie. »Dafür sind Schwestern schließlich da!«

URKUNDE

Mein Name ist

______________________________.

Ich bin ______________ Jahre alt.

Ich habe das ganze Buch gelesen.

Datum: ____________

HORSE CLUB-QUIZ

1. **Was ist der Grund dafür, dass Mia so traurig ist?**
   a) Ihre Schwester Hannah hat keine Zeit für Mia, weil sie nur noch mit dem neuen Pferd trainiert.
   b) Ihre Schwester Hannah trifft sich mit ihren Freundinnen, anstatt mit Mia zu spielen.
   c) Ihre Schwester Hannah hilft ihrer Mutter und ist zu beschäftigt, um Zeit mit Mia zu verbringen.

2. **Wer findet als Erste heraus, dass Mia traurig ist?**
   a) Sarah, als sie sieht, wie Mia sich bei ihrer Mutter beklagt.
   b) Sofia, die hört, wie sich Mia bei ihrer Hündin Ruby beschwert.
   c) Lisa, die bei einer Tasse heißer Schokolade mit Mia die Wahrheit erfährt.

3. **Was planen die Horse Club-Mädchen, um Mia wieder aufzuheitern?**
   a) Einen langen gemeinsamen Ausritt durch den Wald.
   b) Eine gemeinsame Übernachtungsparty.
   c) Ein Reitturnier im Westernstil, ganz speziell für Mia.

4. **Welche zusätzliche Überraschung wartet am Ende auch noch auf Mia?**
   a) Sie darf auch beim Horse Club mitmachen.
   b) Die vier Mädchen wollen ihr einen ganz speziellen Reitunterricht geben.
   c) Ihre große Schwester Hannah schenkt ihr einen Cowboyhut, genau wie ihren.

1. a)
2. b)
3. c)
4. c)

GLOSSAR

Hannah

Hannah ist die ältere Tochter von Oliver und Caro Kramer, den Besitzern von Lakeside. Sie ist neugierig, abenteuerlustig und möchte später genau wie ihre Mutter Tierärztin werden. Hannahs bester Freund ist ihr Wallach Cayenne.

Lisa

Lisa ist ein fröhliches, wagemutiges Mädchen. Sie liebt das Reiten und Wettkämpfe. Lisa und ihr Pferd Storm haben schon viele Springreitturniere gewonnen.

Sofia

Sofia ist sehr kreativ und künstlerisch veranlagt. Am liebsten malt oder zeichnet sie oder hängt bei Ausritten mit ihrer Stute Blossom ihren Tagträumen nach.

Sarah

Sarah ist ein erfindungsreiches Mädchen, das Rätsel und Geheimnisse liebt. Sarah schreibt gerne Liedtexte und Gedichte. Ihre heißgeliebte Stute heißt Mystery.

Mia

Mia ist Hannahs entzückende kleine Schwester. Mia ist ausgesprochen neugierig und würde am liebsten ihre ganze Zeit mit Hannah, Lisa, Sofia und Sarah verbringen.

Spotty

Dieses kleine Shetlandpony ist Mias bester Freund. Mia weiß, dass sie langsam zu groß für Spotty wird, aber sie würde ihr Pony niemals gegen ein anderes Pferd eintauschen.

Emily

Emily ist ein ruhiges, liebenswürdiges Mädchen, das Pferde liebt und viel über sie weiß. Sie pflegt die Pferde in Lakeside und hilft mit ihrem Bruder, Tom, im *Cups & Saddles* Reiter-Café aus.

Missy

Missy ist eine Tennessee-Walker-Stute, mit der Hannah trainiert, um sich auf ein anstehendes Western-Reitturnier vorzubereiten.

Cayenne

Cayenne ist Hannahs geliebtes Pferd, ein wunderschöner Quarter-Horse-Wallach. Hannah singt ihm oft vor, dabei ist nicht ganz klar, wem es besser gefällt – Hannah oder Cayenne.

Ruby

Ruby ist die Familienhündin der Kramers in Lakeside. Sie ist freundlich, verspielt und liebevoll, schnüffelt gerne alles an und zaubert jedem sofort ein Lächeln ins Gesicht.

Lakeside

Lakeside ist das Haus und der Reitstall, die Mr und Mrs Kramer gehören. Es ist schon seit Generationen im Besitz der Familie und das Zuhause von Hannah und ihrer Schwester Mia.

Geheimer Wohnwagen

Er ist der geheime Treffpunkt des Horse Clubs. Hier entspannen Hannah, Lisa, Sofia und Sarah, planen neue Abenteuer oder besprechen geheimnisvolle Ereignisse.

Noch mehr Abenteuer mit dem Horse Club

Mia beobachtet Lisa beim Voltigieren und will es unbedingt auch versuchen. Doch ihr erster Versuch geht ziemlich daneben. Tom, ihr Reitlehrer, will zunächst nicht weiter mit ihr üben. Kann Mia ihn mithilfe ihrer Horse Club-Freundinnen vom Gegenteil überzeugen?

- Eine Geschichte in lesefreundlichen Abschnitten
- Mit Bilderglossar zu den Horse Club-Mädchen und ihren Freunden
- Mit Leseurkunde und Quiz

ISBN 978-3-96080-415-4

7,99 € (D) / 8,30 € (A)